歩道叢書

歌集

遠朱雲

鈴木眞澄

現代短歌社

目次

遠朱雲

平成十二年

黒揚羽

ひとたびは眠りたる夜半わが庭にしろく雪積むまぼろしのごと

風出づるきざしに雲が南より移り来たりて空をしおほふ

この夜は泊りゆく母わが家の干物ていねいにたたみくれたり

畳替へ慶事あるまでやるなしと夫の言へばわれも諾ふ

ひと息に重きシヤツター上ぐるとき商ふけふの気力充ちくる

その大き羽ひるがへし黒揚羽入り来て店のセンサーの鳴る

客のなき空気うごかずしろじろと昼のあかりが店内照らす

年ながくつとめて夫衰ふと思へばわれもおと
ろふるらし

隣家とかけあふかたみの声したし驟雨の叩く
庭をへだてて

長かりし残暑の過ぎて雨の夜子等おのおのの
部屋に静まる

あひ共に長く暮らしし夫の顔わが顔のごと見
ゆるたまゆら

老い深みゆきつつあらんいつとなく母より電
話かからずなりぬ

音のなく降り継ぐ雨のしづめたる土の静けさ
見つつ戸を閉づ

環境調査

環境調査すなはち汚染現場とぞ作業衣汚れ子の帰り来る

夕飯を作りながらに耳さとくゐて店に来る客の声待つ

もの言ひてをりつつ次第におのおのの思ひにしづむ夫もわれも

老母が農に節だつその手にてわれの歌集をひらきてくるる

宮森の青葉木菟しきりに啼く声す店しづかにて終りし夕べ

夕光

孤独なる心といへど自在にてみづからひとり笑ふことあり

長男か次男か分かちがたき咳階下にすると思ふ間に止む

夕光の中を通れる猫の影大きく伸びて藪に入りたり

四十年の勤め最後の日となりて残暑の日のなか夫帰り来

雨降れば流れとぞなる山の道杖持つ母と墓にのぼり来

台風は遠くにありてほのぼのと今宵庭木に月あかりたつ

ときかけて栗煮てゐたり休日の子等深々と眠れる朝

頬骨のたかく相似るさびしさよ五人の姉妹寄りて語れば

しぐれ降る山のみ寺の夕空に白まぎれつつ冬桜咲く

新世紀日に日に迫る歳晩の晴れし夜空の金星仰ぐ

平成十三年

新世紀

歌集出版夫の定年かにかくに越えて新世紀迎ふるわれは

原発事故処理作業員死者五万五千年《とし》経《へ》て明ら
かにされたる数字
（チェルノブイリ原発事故）

ひたひたと屋根の瓦に降り続く冬の夜の雨わ
れをしづむる

降りしきる冬の夜の雨かたはらにわれの一部
のごとく猫居り

冬過ぎん黄なる夕つ日深くさすわがゆききして踏む板の間に

三月のひかり眩しき戸外見え首筋さむく店に働く

暖かく晴るる春日は商《あきなひ》の伸びゆく予感われに運び来

雨雲は空のはたてに遠ぞきて今宵思はぬ星の
またたき

つづまりはどうでも良きに夫とわれ諍ふとき
にいきいきとゐる

一万円の金利一年二円とぞいたしかたなき笑
ひの出でつ

母

朝夕の薬の仕分書きしるし母を送り来旅ゆく兄が

わが知らぬ日々に衰へ進みしか母は財布を持たず来たりぬ

霧うごく暁の庭蔓薔薇のあかき無数のつぼみが濡るる

榊の葉乾きて落つるゆくりなき音に振り向く猫とわれとが

そのひと世寡黙に過ぎて来し母の施設にありてひつそりとゐる

生くる世の極まりならん物ひとつ母の持つなし施設に在りて

降る雨に濡れてすがしき四照花《やまぼうし》車椅子押し母と見てゐつ

連れて帰れと立てざる足に立たんとす施設の母を訪へば切なし

残生の少なからんに閉ざされて日を送る母われの悲しみ

山の墓地

母のためスープ作ると買ひ置きし黄なる南瓜が厨にありぬ

音しげきこの夜の雨わが母の山の墓地にも降りしづみゐん

穂に立てる赤紫の古代米こころなつかしき馬来田の里は

古代びとこの山の辺に住みにけり露したたかに置く草匂ふ

難民の子等

せめぎあふ民族いくつアフガンの地に絶ゆるなき戦あはれ

身を寄せて寒さをしのぐ難民の子等よ冬迫る光の中に

冬すでにいたりて雪の降る荒野難民の群連なりつづく

たは易く仏教遺跡を破壊せしタリバンその名永くとどめん

暮れやすき寺の御堂に灯の入りて身内のみなる通夜始まりつ

寺めぐる冬木の枝のいさぎよし空に夕べの星
光り初む

義兄といふ縁三十年疾く過ぎぬ今宵は通夜の
灯の下にゐる

み柩と在りて寒気の増し来つつ仮泊の寺に夜
の明けんとす

平成十四年

飛騨の川

ゆくりなき電話に心準備なく受けこたへつつ
次第にたのし

まぎれなく飛騨よりかかる電話にてわが家に
新しき縁始まりつ

結納に来《きた》る奥飛騨にひしひしと雪降りしきり
寒こころよし

嫁ぐ子を祖母なる人のさとす声飛騨の訛りの
こころ親しき

戸の外は雪深くして冷えしるき仏間に簡潔に
結納すすむ

夏来れば蛍飛ぶとぞ飛驒の川雪にせばまりか
すけき流れ

ひしひしと北アルプスの峰せまる空に凍れる
星の光は

平凡にひと日過ぎしが長男のけふ婚姻の届け
出だしつ

湯がきたる菜の黄のいろのさはやけく今宵の
卓に子等夫婦ゐる

愛犬の死亡広告出づるなどともあれ時勢の平
安のさま

躑躅咲く庭

沖縄のいづこをけふはバイクにて走りゐるらん次男を思ふ

ことごとく梅の花過ぎ山畑のしづけさ世になき母のしたはし

声低く寄る蚊をみづから頰叩きひとつとらへつ闇ぬくき夜に

雨の夜の不意の地震に宮森の鴉騒然としてしづまらず

新しき客の幾たりけふ来しと思ひ出でつつ店を閉ぢたり

たしかなる予感ありしに電話してなほ深くなるわれの憂は

いつ帰り来るか仕事の子を待てば雨降る社に青葉木菟啼く
（次男）

仕事にて帰りの遅き子を待つもあと幾月か婚姻近し

なからひに苦しみゐたる時過ぎて今平穏に子
はものを言ふ

このちのをわが子と過ごしくるる人すがすが
しく立つ躑躅咲く庭

けふ播きし朝顔花の終るころ子の二人娶り家
出でてゐん

勧誘電話

広々とありし夕映をさまりて帰りの遅き猫を
わが待つ

荷の重さありがたくして残暑の日飛驒より丹
精のトマトが届く

きつぱりと勧誘電話は断れとうかつなるわれを夫《をつと》戒む

拉致されて幾年月か在りし日のそのうら若き姿いたまし

幾たびも聞く名親しくいたましき北朝鮮の拉致のありさま

しづかにて受話器置きたりとどまらぬセールス電話に怒り湧くとき

わが店に止まらんとしてためらへる如き車が過ぎてゆきたり

十一月はじめ降りたる雪積むと聞けば飛驒なる人等こほしも

みづからの幸ひ人に告げんとし動悸してをり
気の小さくて

わが猫は家に入りしか出でゆきしか雨あとの
庭紅葉明るし

平成十五年

朝夕

みづからが拍手をしつつ現るるさま清からず
かの国の長《をさ》

短時間勤むる夫がはや帰り夕べ明るき玄関に
立つ

わが家の鍵新しくたづさへて嫁は朝々つとめ
に出づる

十センチわれより高き嫁がゐて立居たのしも
朝に夕べに

同居していまだ日浅く来客のごとくに並ぶ子
等の靴はも

のちのちも人に言ふなき悲しみをこの未明ま
たしみじみ思ふ

イラク戦争従軍女性記者の記事こころしてわ
が読み継ぎにけり

遠鳴りのごとく不気味に古代文明発祥の地に
戦争つづく

独裁者いまだ行方の知れぬまま滅びし体制民
らが喜ぶ

傍らにたびたびチヤンネル変ふる夫やうやく
人の世に倦むならん

廃墟――トルコにて

黒海の闇の上過ぎイスタンブールの街の灯青く盛り上がりくる

遠き世の廃墟に残る大理石の道に苦渋のごときわだちは

レリーフのをとめの像に光あり冬草青き廃墟の丘は

大いなる古代墓続くヒエラポリスの丘一面に詰草茂る

石柱の崩《くえ》ゐる古代競技場たかく静けき昼の月見ゆ

石の間の草群しづかに湿り帯び廃墟の町のはやも夕づく

うつつなく廃墟めぐりてまのあたり雲なき空の夕映の紅

糸杉の直ぐたつ影の長く曳く古代湯治場つひえし跡は

諸国よりやうやく到り湯治場に命つきし人とぞ墓石の群は

子を抱く若き母親寄りて来てもの乞ふイスラムの街の悲しみ

地中海内湾の町夕焼けて低くコーランの祈りのひびく

礼拝にモスクに向かふ人群のうちにてこころ
つつしみ歩む

オリーブの黒き実を踏み近づけり聖母マリア
の晩年の地に

アナトリア冬の平原家畜見ぬは住居の地下に
囲ひ飼ふとぞ

冬の日はにはかに暮れて平原にひと筋シルク
ロードの余光

個々の家いまだ点らずつつましき村に平原の
寒気のせまる

隊商宿の高く堅牢なる天井棲みつく鳩の群れ
て声なし

方形のあかり取り高く夕づけば空の光が石床
にさす

高壁《たかかべ》のうちに駱駝の厩舎ありうつつにぞたつ
匂わびしむ

火を焚きし跡あらはにて隊商の身を休めしか
この石床に

中世の声の聞こえてくるごとし夕闇せまる石
壁の間《あひ》

棲みつきて幾代を経しか天井に鳩の羽ばたく
もの憂き音す

洞奥に残る壁画の冷え冷えと見えつつ青し雪
の反映

岩窟の住居の跡が無数にてゼルベの谷に雪降りしづむ

異民族ゆゑ追はれたる一村の廃墟に激しき雪の降りしく

村をこめ降る雪ありのまま積みて地に伏す葡萄の古木の群は

異教徒の迫害のがれ地下深くうがちて三千の
民住みし跡

冬原のはてにこごしきエルジヱス山むらさき
淡く噴煙のたつ

塩の藍深き真冬のトーズ湖の振揺あらずわれ
の眼下

みどりご

慇懃にもの言ふセールス断ればわれより先に電話切りたり

おびただしき硬貨あやまたず数ふると一心なるわが貧しき姿

病院の昼しづかにて新生児室の奥なるわが孫眠る

世に生《あ》れていまだ間のなき児の名前声に出だせばうつつ楽しも

明日会はんわがみどり児よさやけくもみどりごなれば送るものなし

世に生れてまぬがれがたき人の苦を負ふとし
思へばみどりごかなし

深々と球根あまた植ゑ終へて夕べ黄に照る月
を仰ぎつ

平成十六年

研修会

賀状来ぬ人の心を思ひみるわれなど無きに等しかるらん

ただ歩むことを楽しみ嫁とわれ新年晴るる港
まで来つ

店前に賑はひゐたる子等の声迎への車が連れ
去りゆきぬ

研修会の発言に立ちひそかにも力をこめてわ
が膝ただす

明日は来ん嬰児《みどりご》思へばさして入る光のごとし
わが日々のうち

職ひきし夫がほとほと退屈に過ぎて雨降る夕
べもの言ふ

激ちつつ直《す》ぐなる雨の降る夕べいづこかはや
も雨戸引く音

冬の驟雨――モロッコにて

風化せる城砦の土あるがまま街道に沿ひ影のごとたつ

異民族の絶えざる侵略のがれきて僻地に代を継ぎ人々の住む

冬涸《ふゆがれ》の河いく筋もアトラスの原野に虚しく川
床さらす

ベドウインの通ひし古代の交易路砂漠の入日
に鈍くかがやく

雨過ぎし未明の砂漠塵の無き空にまたたく星
座の群は

激ちたる雨の痕跡ありありと見ゆる砂漠に日の赤く出づ

幾十倍にその根伸ばして水脈に達するといふ砂漠の草は

暮れてゆく砂漠に軍の基地の見ゆ遠《とほ》朱《あけ》雲《ぐも》の低く棚引き

三億年以前の化石やすやすと手に持ち人の売らんとぞする

まのあたりオアシスあれば棗椰子《なつめやし》茂るほとりに麦のかがよふ

泥煉瓦のいろ目にたたず岩山の間に間に孤立して村のあり

黄の砂塵ありありとたちトラックが行き驢馬
がゆく峠の道は

棘つよき木草夕日に曳く翳のしづかに長し冬
の荒野は

砂塵たつ原のかすかに草青きところ少年が山
羊追ひてゆく

雨降れば流れの激つトドラ谷峡の深きに人の
住み継ぐ

マラケシュの朝の露店ことごとく黄のオレン
ジを堆《うづたか》く積む

城壁のうちにひしめき千年のたつき相似るま
まに継ぐとぞ

バザールの雑踏にたつ黄の埃しづめつつ降る
冬の驟雨は

降りやすくはた止みやすき冬の雨路地のぬか
るみに鳥の羽浮く

ただ一羽にはとり抱へ売らんとす降る雨のな
か老佇みて

生活の残滓流れて匂ふ路地コーランの声ここにも聞こゆ

ひたすらに生くるさまゆゑまつはりて物売る子等の疎ましからず

夕暮の広場騒しく人の寄る大道芸のやがて悲しき

戸口毎のファテマの手形は魔よけにて路地に
つつまし人らのたつき

なべて神の意志とぞ仕事なき人等おほどかに
して道に屯す

離りきて丘に見放くるフエズの街夕べの靄の
ふかぶかしづむ

谷越えて聞こゆる街の喧騒が遠潮騒のごとく
に低し

柿の花

ひとたびはさからひながらなりゆきはいつと
しもなく夫に順ふ

大内宿に遅き昼餉のそばを食ふ山の驟雨の音
聞きながら

雪渓に梅雨の雨降る万緑の只見の山の峠越え
ゆく

転職の試練超えたる子の前途思へば心充つる
ものあり

外出をする負ひ目ゆゑ差し障りなくものを言
ふ夫に今朝は

亡き母の生日の朝ゆくりなく素朴に老いし顔
浮かびくる

死ののちはやすけからんと夫とわが互みにも
のを言ふときのあり

月明りするわが庭に柿の花しきり散りつぐ音のひそけく

自在

やはらかき音さきだてて日に幾度濡るる木立のうへに雨降る

子等夫婦われ等夫婦のなからひに猫が自在に
部屋ゆききする

放課後の自在の心目に見えて自転車とばし子
等走りゆく

冬近きあかつき方のやすらけき闇の底ひにふ
たたび眠る

あるときはなきがごとくに身を処して子等と
の同居三年となる

ワルシヤワにて

行く手にも石畳にも戦跡の碑のあり風花飛ぶ
ワルシヤワは

おしなべて家の灯暗き窓にさす人影したし雪の降る村

列強の支配しばしば受けし国戦ひ死せる人おびただし

霧みちて午後はや暗き旧広場クリスマス市に灯りつらなる

そのきほひ哀しみ誘ふマズルカを人等夕べの
広場に踊る

多き死者悼みて人等クリスマスにいち人余る
食器置くとぞ

マロニエの冬木々の枝無尽にて夜半の月照る
目覚めし窓は

流るるとなく見え広きヴイスワ河冬野に黒き
うねりの続く

雲切れてとどく光は収容所跡の原野にさなが
らに沁む

囚はれし婦人の胸に黄に光るダヴイデの星の
印かなしき

わが前に音なくひしめき犠牲者の残し古りたる靴は山なす

六十年隔つトランク記す名の人等うつつに顕ちくる如し

「働けば自由になれる」収容されし人等くぐりし門上にあり

この門のうちに命を断たれたる子供等の声聞
こゆるごとし

遺品よりあげし眼に見えゾワ河のとほくかげ
ろふ光はかなかなし

丈高く咲きたる野薔薇バラックの間に末枯れ
たつ棘《いばら》鋭く

たつ霧の中の幻とほき世の列車軋みて入り来る音す

引込線の降車場跡草に吹くさへぎりのなき風音ながし

冬枯れて軌条あらはれゐる原野あとよりあとより雪降り注ぐ

野の花もいまは見るなき荒原に霧吹き移る群棟おぼろ

草の上の霜とくるなく夕暮れしアウシュビッツの空に鐘鳴る

収容棟しのぐポプラの冬木立空揺らぐまで梢の騒ぐ

日の弱くなりてにはかに暗くなる沼をかかふる冬の林は

収容所はたての森に日の落ちて燃ゆるばかりの茜の暗し

ことごとく人ほろぼされ千年のユダヤ文化が消滅せしとぞ

東欧ユダヤ文化

ミュージアムに祖国の惨禍を学ぶ子等一途に
て声低くめぐれる

まのあたり薔薇の低木々凍てつきて憩ふ人な
し朝の苑は

地下深き店のしづけさ温かき赤かぶスープの
酸を佗しむ

原に立つ冬木いづれも宿木《やどりぎ》の芽吹きはつかの
みどりかがよふ

冬木々の枝こまやかにさしかはすショパンの
館《やかた》朝の小道は

平成十七年

申告の準備

冬の日は移ろひはやし午後に来る幼を今か今
かと待てる

この子には九州の血が流るると思ふもたのし
わが幼子よ

申告の準備をせねばならぬなど朝の目覚めに
おし寄せるもの

梅林を二時間見めぐり疲れたる今夜ははやも
良き眠り来つ

数時間遊びし幼帰りゆきはたと声なしまぼろしに似る

下校の子等

世に疎き夫とわれとの頑《かたくな》がはからずも詐欺など防ぎゐるらし

相似たるたつきの日々にわれのごと独り言いふ隣の主婦も

あの雲のゆきてしまへば雨やむと下校の子等のかしこき声す

たまたまの電話に聞きしわが噂ひと夜経てはやどうでも良けれ

子の誕生近き次男と思ひつつ日に幾たびもその顔浮かぶ

やうやくに日は満ち孫の生《あ》るる日をわが待ちをれば梅雨のあめ降る

新しき孫の名加はりこの日々の夫といくばく楽しき会話

家族等に言ふほどもなきわがことの小さく載りし新聞たたむ

幼子のしぐさ浮かべば夜の闇の中にもわが顔ほころびをらん

わがうちに願ひ来しもの幼子の手を引き花の咲く野を歩む

手を結ぶ幼とわれと曳く影の長き夕べの道帰り来る

手にあまるまでに木の実を拾ひもつ幼を抱けばはやも眠りぬ

晴れとほる夕暮の空一片の雲来つ西のあかねを帯びて

連想

母の墓四年経ちたるしづけさに沁むごと朝の
山の蟬鳴く

この夜半の連想あはれリスボンにあひし盗難
まざまざ浮かぶ

きはまりて啼く蟬の声境内に幼と息子とわれ
とただ聞く

ひとつ思ひめぐりつつゐて朝の化粧たやすき
はずの手順忘れつ

縄跳びに身を鍛ふれば思はざる余力のありて
いつしか楽し

わが子等の性《さが》の厳しさ遠き祖の武田の武士の
血などを思ふ

聞きとめし言葉の意味を知らぬ児がうたふご
とくに繰返し言ふ

平成十八年

渚の道

風やみし空紺青に暮れてゆき一月十日寒のきびしき

とつとつともの言ふ夫三十年変らずわれの傍らにあり

記憶にはなけれど国鉄官舎にて育ちし館山こころなつかし

早春の日に黄の深き菜花つみ渚の道に佐太郎しのぶ

春くもる空に風鳴り花畑にこぞるポピーの花
揺れやまず

午後晴れし海の光にむらさきの浜大根咲く歌
碑のほとりは

寒からず降る雨の中わが子等の買はんとぞす
る家を見に来つ

雨の降る家いかならん知ることもひとつ知恵
にて内外めぐる

観覧車廻り光のめぐる中幼子と居りまぼろし
に似る

健やけき日のみ会ふゆゑやすやすと幼子育つ
と思ふおろかに

大山千枚田

苗そだつ田ごとの水の明るさや棚田は朝の雨の降りつつ

めぐりなる山に谺《こだま》し鳥の啼く谷になだるる早苗の棚田

千枚田谷にしつづく村こめてしき降るしろき
晩春の雨

にはかなる雨避けて立つ村道の柿の樹の下若
葉の匂ふ

山深き棚田は雨を呼ぶならん朝の雨雲しきり
にうごく

夕暮の靄下りきたる山峡の村のひそけさいまだ点らず

いつにても無言にものを買ふ少女わが店を出づ暑き日のなか

広々と続く蓮田の茂るはて夜の電車が明るく過ぐる

職引きて家に居る夫《をつと》わが心やすやす見ぬきながらもの言ふ

隣国

無謀にもミサイル発射せし国の太る指導者たびたび映る

食糧援助他国に拠るに核開発進めゐるとぞその内実は

怖しき国に隣りて子も孫もこののちながく生きねばならず

拉致されし父と母とのもとに生れその運命に育ちしをとめ

核実験の地震波感知したりとぞ報道のあり今朝のうつつは

日本海へだてしのみに隣国の核実験は現実となる

慎重にメモを読みつつ会見をする拉致被害者の髪の薄きよ

拉致されし事実を否定するまでにこの国にいかなる歳月積みしや

食糧援助止めればただちに飢餓の民おびただしとぞ冬の近づく

かくありて子等食物のいづくより来るをし知らず無心にぞ食ふ

秋冷の星

照りわたる月のさす影土に置きわが家未明の
静寂のなか
暁の空にまたたく秋冷の星かぎりなしわれの
立つうへ

繁りたる草また衰へこの一年人の住まざり隣の家は

またひとつ空き家となりて宵闇の窓にこほしむ灯のまぼろしを

御寺なる一隅すがしく十八年続きし歌会この夜終りつ

しばしばも深夜となりてこの寺に歌学びたり
われ等の若く

住職の情けありがたくすみやかに積みたる夜
の歌会二百回

会終り出づる寺庭寒月の清冽にしてしろき光
よ

休日の嫁が夕食作るとき言なく待てり年老い
しごと

ひとときの時雨に濡るる朝の道マラソンの子
等つらなりて来る

やうやくに子を授かりし嫁の好む林檎の酸《すゆ》き
香朝々充つる

平成十九年

店の客

新聞を見つつ笑ひて愉快なるひとりのこころ
言ふこともなし

正月の二日新聞読みつくし暑きまでさす午後
のひかりは

店の客三人ばかりにけふ終るしげき雨音やむ
としもなく

商に向かぬ向かぬと思ひつつ三十年おほよそ
わが生過ぎつ

夫とわが炬燵に居りて出勤の子等を見送るさながらに老

硝子戸の外より店をのぞく子の内気知りつつさりげなくゐる

日の暮のメロデイ鳴ればわが店のめぐりにはたと子等の声なし

勤めもつ嫁はわれより世の動き知ると思へばこだはらず聞く

長き夕暮

わが家にリフォーム業者が声かくるいよいよ目につくまで古びしか

弟かはた妹か春あさき父母の墓前に花供へあり

雪柳枝の先端まで満ちて花は夕べのひかりをこぼす

城山三郎逝きたる記事もはや過去となりたり

けふの新聞了《しま》ふ

下校時の不意の雷雨にわが店に親を待つ子等
子を待つ親ら

八重桜幾千咲けるなだりよりのぼり来る霧甘
くまつはる

雨霧のせまりて暗き山あひに菜の花畑ひかり
のごとし

縦横に走る運河に茜さしアムステルダム長き
夕暮

レンブラントの「夜警」の大きく暗き絵よか
の世の騒めき聞く如く立つ

降りやすくやみやすき雨アントワープの港の
古き石道濡らす

飛騨

夜の明けに到りし奥飛騨しらかばの木立清しく幹ひかりあり

残雪の立山連峰近くにて生れしばかりの孫にまみえつ

軒下につばめ出で入る里の家嫁やすらかに幼
育む

新しき子の名口より出づるとき胸のあたりの
ほのぼのとする

つくづくと鏡に見れば齢つみあはれ小さくな
りしわが眼は

失言をせしゆゑその名覚えたる閣僚はやくも
辞任をぞする

育児休業中といへども任あらんしばしば嫁の
携帯の鳴る

幼子を守らんとしてひとつ蚊を四人が追へば
喜劇のごとし

ブルーベリーの畑古里に持つ嫁の実り言ふと
きわれさへたのし

ユーロ紙幣

わが店にふたたび来ることなき客とひそかに
思ひ送り出だせり

抽出しにユーロ紙幣を見出でてにはかに旅の
心湧き来ぬ

時折に飛騨の訛りのまじりつつ休暇の嫁の育
児する声

重大なるニユースといへどたはやすく時間の
内に伝へて終る

あいまいにものを言ひたる後の悔店を閉づれば忘れんとする

まだ言葉持たぬ幼と嫁とわれ冬の星座を見上げつつ立つ

平成二十年

文具店

歌の会去るといふ賀状の添書きに不意を衝か
るる年の始めに

暁に目覚めて共に水飲みし猫もふたたび眠りたるらし

大姑と姑と継ぎ来し文具店立ちゆかぬときつひに来《きた》るか

風やみて冴えわたりたる月の下庭に貯へ置く葱青し

冬過ぎし樟の葉さやぐ境内の鳥居の幣《ぬさ》に西日のあたる

取次といふ職種にてクリーニングの技術を持たぬわが携はる

クレームのことさら多き商《あきなひ》を肯ひをれど慣るることなし

けふありしことはけふにて終らんよ釈明にわが声震へゐき

みぞおちの痛むまで咳の出でながらこの夜境に癒えてゆくべし

昨日よりは咳治まりし身の軽さ臥床に自在に想念浮かぶ

雛飾り

熱出でて涙をこぼす幼子よ雪の降る午後受診にゆけり

雛飾り見上ぐる席にあらたまり香にたつ春の潮汁《うしほじる》食ふ

わがうちにありし思ひを口にすることなく居ればやがて忘るる

校門に朝々泣きゐし児の声もいつしか聞かず春たけてゆく

降る雨に風の出づるを寂しめばはや暁のひかりとなりぬ

二歩三歩あゆみはじめし幼子の靴下駄箱にたちまち並ぶ

独り身の頃と変らず子の電話用のみにしてみじかく終る

影のごと過ぎし思ひのかへるなし雨のやみたる空に雲ゆく

幼子の無心に破りしいくつもの障子の穴を夜
更けつくろふ

やうやくに幼の眠る室内に風船ふたつ揺らぎ
つつあり

自転車を置きざりにして子供等はいづこにゆ
きしか午後の日の照る

保育所の土

走り雨今朝のはやきに降り過ぎぬ庭の木々らの喜びの声

このやうにわが老来るかと心して足にきざせる痺れ諾ふ

衝動にて出でし言葉はこの人の内の心ぞわれをさいなむ

風騒ぐこの夜森には梟の啼かず御堂のひとつともしび

ここにして文具の店を開きたる大姑しのべば大正遠し

やうやくに歩みそめたる幼子の靴に乾きて保
育所の土

夕雲のあはひに星のはや光る短日にしてここ
ろこほしも

平成二十一年

父祖の文字

参道の夕日に石碑けぶり建つ二百年以前のわが父祖の文字

いまにして読み解かれたる石碑より時経ると
なき心の伝ふ

小林一茶交友録にみ祖《おや》なる「祇兵」の名のあ
りなんと嬉しき

幼子と猫と小さき顔寄せてたはむれゐたり夕
べの部屋に

保育所に迎へ待つ子よ海近き松の林に夕映のさす

保育所のおのが小さき布団にて午睡してゐん幼子浮かぶ

自らのことみづからがする慣ひ身につき二人の暮らしやすけし

流行歌声に出だしてこころよきわれありわれの俗を愛《いと》しむ

道を噛むごとき音してゆるゆると耕運機ひとつ畑より帰る

子のあらぬ叔父の系図の末にゐて遺産相続われにも及ぶ

神宮の森

神宮の森こめて降る春の雨いま祭礼の大太鼓鳴る

降り注ぐ雨音を絶ち大太鼓神の御渡り告げて響くも

ポルトガルナザレの浜の清き砂十年傍への壜にしづまる

わが視野に入り来て畳を歩く蟻即座につぶす善のごとくに

保育所の防災訓練に小さなる頭巾の中の顔の張りつむ

佐藤志満先生

くさぐさの庭の花木に心のべ詠みたまひたる
志満先生は
まぼろしのごと思ひ出づ玄関に白髪《はくはつ》の先生迎
へくれにき

志満先生偲ぶ会にぞ皇后様のご弔問あり胸の
高鳴る

秋口の冷えこころよきこの夕べ温きスープを
作らんと立つ

献血といふ語もわれより遠ざきぬ不用となり
し年齢となる

ささやけき充足にして短歌祭ひとつ終りてまたひとつ待つ

こがらしの吹きて空気のうごく部屋朝の珈琲の香の立ちきたり

平成二十二年

ソーラーの灯

飛ぶ鳥か木の葉か午後の冬嵐荒びて庭にうご
きてやまず

雨の降る夕べしづかに過ぎゐつつ雛飾る部屋をりをりのぞく

預かりし幼も猫も夫まで眠る昼すぎ風吹きやまず

ここしばらく用なき実家の電話番号思ひ出さんとしばし苦しむ

ソーラーの灯の点りたる夕暮の庭冷えまさり猫の鳴く声

ふたりなるための切干夕早く水に浸せりしげき雨音

平穏の日々束のごと過ぎゆけど一事のあればたちまち虚し

店の灯

硝子戸のうちに洗剤など並ぶくらしの見えて
道のしづけさ

梅雨ぐもり時折空の明るめばこまめに立ちて
店の灯を消す

世間より見放されゆく心地にてこの日頃なる
店の閑けさ

歌ひとつ得てのち起きん雨戸より洩れ来る雨
を含む光は

普天間移設切実なれど代替にあげられし地の
憤りはや

朝の夢払ひて起きんさしあたり縮みし四肢を
臥床に伸ばす

わが心なにに倚るべき梅雨の間の風は青葉を
いたぶりて吹く

夜のラジオ稀にかけたり浪曲の昭和に聴きし
声なつかしき

手に触れし玩具鳴り出づ幼子の帰りし部屋の
このしづけさに

いづこにも蟬生れ出でし跡のあり小さき穴に
日のあつくさす

ただならぬ暑さ続けば夕べには互みにいたは
る声いづるかも

運動会始めのあいさつ一年生のわが孫のする
声をわすれず

家四軒たちまちに無し夕暮れて更地の上にし
げき雨降る

耐用年数思へば家具等今ははや欲しくはあら
ずつひに貧しき

俑坑

土埃ただよふ俑坑幾千の兵馬立ちをり力たたへて

地にとどくばかり楊柳茂る村地下になほ無数の俑埋もるとぞ

のぼり来し大雁塔に立ちつくし砂漠のかたに
沈む日送る

屋根瓦の反り美しき華清宮楊貴妃といへただ
にまぼろし

毛沢東の偶像かかぐる天安門うつつにわが身
楼上に立つ

平成二十三年

放射能の飛散

なにげなくけふ穿くズボン中国の旅につきたる土落ちにけり

孤独なる夢つねに見る寂しさや年あらたまり
またわれの見る

逡巡をしつつ不意にて浮かびたる言葉ひとつ
に立ちなほりゆく

買物の荷に桃の花ひと枝をまじへて夕べの道
帰り来る

傍らにひとり遊びをする幼覚えし言葉つぎつぎに言ふ

白木蓮いつしか散りぬ放射能の飛散にこころとらはれをれば

いひがたき不安にけふも暮れてゆく余震はなほも日々に続きて

平常心つよく保ちてゆかんとぞ思へど余震に
また家揺らぐ

大き地震の恐怖分かつといふ思ひありて会ふ
人みなしたしけれ

放射能の汚染おそれて幼子を飛驒に預くる決
断あはれ

両の手に頬をつつみてしばらくは会へぬ幼を送らんとする

幼子は遠く避難し眠り得ぬ夜といへども互みに言はず

被災者の移り来て住む街なれどなほわが幼飛騨に移しぬ

遠因

いちはやく飛驒の訛りの身につきし子の声聞けば胸のつまりぬ

この朝も無事に迎へぬ放射能含まんまん雨が外には降れど

ひしひしと家の鳴る音さきだてて また余震来る照る日小暗く

放射能ここにも及ぶと子のために離るる嫁を送るほかなし

わがほとり幼子が去り猫が逝き今また嫁の去らんとぞする

梅雨の雨降りて青葉の暗き庭猫を葬りし土の
跡はも

しづかなる雨の中にも吹く風のあるらし軒端
の衣服の揺らぐ

あるときは忘るるごとく日を経れど放射能禍
の日本かなし

朝の日の輝く見ればためらはず外にもの干す
さもあらばあれ

震災を遠因として単身の暮らしとなりし長男
の日々

少なくも五年は避難するといふ嫁の言葉を伝
へ聞きたり

七月七日初めて幼が歩みたる日ぞと夫がなつかしみ言ふ

朝の雷

隣接の空地に舞ひ立つ土埃り放射能禍をにぶく思へる

迫りたることにあらねば電話さへためらふわれの内向性は

幼子の帰るあてなきこの夏の暑さ極まりながら過ぎゆく

ものを食ふことを忘るる時ありと単身余儀なく暮らす子の言ふ

目覚めよりまつはる暑さ遠空の雲にこもりて
朝の雷鳴る

知らざれば心平穏にあるものを知りたるゆゑ
ののちの心よ

どの窓も月に明るき中秋のやしろの森に梟の
啼く

保育所の運動会に飛驒に来つただに幼に会ひたきゆゑに

幼子の泣く声置きて帰り来つその父息子と祖父母のわれ等

朝の空わたたる虹見ゆよろこびを人に告げんと思ふ間に消ゆ

うつつにし地震の多きわが空に美しくして月蝕すすむ

遠く住む幼がはやり風邪病むと知らせありたりもの悲しけれ

一晩に積もりし雪のかさなどを聞きつつ晦日の挨拶終へる

平成二十四年

寒の日々

にはかにには解決つかぬことありて寂しく寒の日々の過ぎゆく

児童等の下校の声は雪まじり降る雨の中はづみつつゆく

店に来る人の稀にて雪まじる雨のしづかさ午前も午後も

若き日に励みし華道の看板が古りて今なほ玄関にあり

安穏にもの食ひもの言ひ眠りたるかの平安よ
二度と戻れず

おびただしき震災死者の名つらねたる朝の紙
面に涙こぼるる

幾面にわたる震災死亡者の同名にしてわが名
さへある

桃の花生けて幼を迎へんと春の雨降る街に出で来つ

幼子とわれと湯に入るこののちにいつあるならん小さなる幸

この年の雛は飾らず子の避難なほも続きて春のめぐりつ

屛風ヶ浦

屛風ヶ浦断崖とほくけぶるまで春の疾風に潮しぶき立つ

くもりつつ海光明るき早春の台地うづめて甘藍育つ

空と海照りあふ沖のまぶしくもわが間近くの
波荒々し

貯へて古米となりし放射能以前の米をさびし
くぞ食ふ

側溝にたまりし汚染の土あげて今宵は雨の流
るる音す

夕暮れに来る《きた》二階の日のぬくみ何ゆゑとなく
涙の出づる

二、三日続きて夢にあらはるる児と避難せし
嫁の寂しく

売れ残り二十円なる苦瓜の苗のいとしさいき
ほひ育つ

杉菜の青

群れ生ふる杉菜の青に吹く風が柔らかにして
わが身にも吹く

三十年記しし給与明細のいつの間になし夫の
捨てつ

風冷えて入り来る午前のいづこにか雨降り出
でん藪に鳥鳴く

避難せる子に会はんとぞゆく息子ていねいに
小さき衣服をたたむ

私が責任持つと総理言ふ原発再稼動にむなし
き言葉

衰へて土に移しし薔薇の木のつぼみ吹き出づ
梅雨降る雨に

歌会の日忘るるまでに老いたりとまたひとり
友の会を去りたり

あるときは兎のごとく野菜食ふ今朝の血圧い
くばく高し

身辺

飛騨の空青いと電話に言ふ幼その気づきをも
悲しきものを

保育所の幼がネットの画面にて今わが前にた
のしく遊ぶ

秋の日の澄み透りたる農道に来て立つわれも
草もその中

十一月二日激しく雪の降る平湯峠を越えて来
しとぞ

子と嫁のなかからひ幼の言葉にてゆくりなく聞
く切実ひとつ

幼子の飛騨のなまりの身辺に四日ありたりまた去りゆきぬ

平穏に死ぬることさへ難き世の幸ひならんけふの訃報は

すぎゆきの苦を糧とする勢ひも遠くなりたりありのまま生く

忘れ得ぬわが恥ひとつ知る人の死去を伝へて
はがきの届く

とほき風音

炬燵の火時々入れて淡々と日のかげ移る一日
居りたり

凍み大根煮つけによしと幾本が飛騨より届く
幼とともに

帰り来し幼を抱き冬の夜のとほき風音聞きつ
つ眠る

幼子は聞き分けのよしある時は五歳と思へぬ
寂しき顔す

非常用品見直さんとぞ思へどもそののち生きていかになるらん

ひとたびを離れて住めばやすからず子の家族等の行く末思ふ

「来る」「帰る」いづれの言葉を使はんか行き来の嫁にわが言ひなづむ

平成二十五年

舌下錠

店先の公衆電話に人見ずと思へどいつしか硬貨のたまる

ひとたびは処方されたる舌下錠持つ安堵にて
しばしば忘る

思ふのみにては人には通じぬと今また思ふつ
たなく生きて

苦しみのうちにも心ゆるぶときありてしきり
に昼眠くなる

みづからの心のうちに折り合ひをつけつつ一
日一日を送る

暖かき臥床に目覚めし未明なるわがぬくもり
にふたたび眠る

子の齢に重ねて思ふ四十年使ひし鍋をけふ捨
てんとす

鎌足桜

かすかなる朝の湿りに風とほり揺るる桜のあはきくれなゐ

とき永く継承されてその名良き鎌足桜村こめて咲く

この園に桜は満ちてその木下歩む雉あり朝の
声する

おほよそは葉ざくらとなり風吹けば飛ぶ花片
ありくれなゐあはく

朝の空雲やはらかにたなびきて村のいづこも
さくら花咲く

濃くあかきつぼみと淡く咲く花とこもごもかなし朝のさくらよ

宅配便

わが心大きく占めゐしくやしみもいつしか遠のくやがて忘れん

一途にて歌語らひし日もありきけふを境に人
の去りたり

どのやうに気を遣へどもなるやうになるとき
はなる水は流るる

われの待つ宅配便の届きたるのみにてのちの
心軽さよ

めがねかけしままに眼をつむるなどわれの姿
も老に入りしか

隣家に泣く幼子の声ともしわが幼子はとほく
にぞ住む

真夜中の駅の広場に月寒く照りをり息子を迎
へに来れば

ほとほとに炊事に倦みしと思へども夕べ米と
ぐこだはりもなく

その母のおそろしき声また聞こゆ隣の子等よ
めげず育てよ

人はみな悲しみ負ひて生くるかと思ふ隣に諍
ふ声す

過ぎゆき

アクアライン今超えたりと電話あり飛騨より
帰る児をただに待つ

せがまれて御伽噺をはじめればことりと眠る
帰り来し児は

果敢にて原発事故後を支へたる吉田氏あまりに早きその死は
（福島第一原発・元所長吉田昌郎氏）

なに気なく日々するラジオ体操の四百余りの筋使ふとぞ

隣家にあかりの点りわが窓を照らすしづけさ梅雨の一夕

過ぎゆきは過ぎゆきにてよしこの先に何かあるらん何かあるべし

前払ひといふわが店の規約にて人を帰ししこころの痛み

しづかにて戸口に布教を説くをみなしづかに去りぬ曇の下を

飲食はいかになしゐん子の来れば夜更け音たて揚げ物をする

佐藤佐太郎先生墓参

先生の没後二十六年の命日ぞけふみ墓にまみゆ
（富士霊園）

先生のみ墓の近く青き花つらねてかへでの目に立たず咲く

富士伏流ゆたかに湧き出で暗く澄む水の底ひの砂うごきをり

（柿田川湧水源）

活発に砂のうごきてまのあたり伏流が湧くいたるところに

簡素なる盆の行事と思へれどあまりの暑さゆゑに疲労す

いなづまの走ると見る間にとどろきて未明の雷が家近く落つ

さながらにこの世たのしとみどりごの笑ふ声する隣の家に

その母の笑へば子等も笑ふなり窓の向うに声のしてをり

この年の最後の蟬の声かとも聞きをり遠くとほく鳴く蟬

かけ寄りて胸に飛び込む幼子よ飛驒遠くしてわれら来たれば

それぞれに分かれて帰る車中にて泣きしとぞ
幼ただあはれなり

幼子は母とふたりの暮しにて兎飼ふとぞいか
なる日々や

朝より小さき齟齬の重なると思ふ一日よ疾く
すぎゆけよ

点る灯

起き抜けのならひとなして飲む水の冷々とする朝となりたり

懸案のひとつひとつが済みてゆく流るる水のさやけさに似て

胃の痛みにて目覚めしと朝の声青年のとき過
ぎし息子は

心底につらき心は何人《なんぴと》といへども言へぬわれ
と知りたり

立冬の夕かげいまだ空にあり窓の間近かの木
木は闇もつ

中央道ゆきゆく山に立つ虹に幾たび会へり冬の雨やみ

雪の降る夕べの疎林奥深く点る灯のありこころなつかし

けふよりぞ雪の降るとふ高山の街のしづけさしみて小暗し

ゆくりなく撮りし写真のおもざしのいたく寂
しきわが幼子は

二百ページの日記の終りこの年の苦しき日々
も過去となりたり

平成二十六年

営業短縮

新年のはじめに営業短縮の札をかかげつ年経りにけり

元日は生日にしてやうやくにきびしき一年過
ぎしを思ふ

寒の日の清き光の注ぐ部屋涙もろくしてひと
りわが居り

積む雪を怖れて一日家出でず有りあはせにて
飲食済ます

積りたる雪にて息子の帰り得ず何を食ふなど
おろかに思ふ

いつとなく齢重ねてその声の低くなりたる長
姉したはし

入学の机並べしわが友の鈴木保よ逝きてしま
ひぬ

小学生のわがひとこまのなつかしき「もとよし店」にて髪切りしこと

嫁ぎたる子の帰りゐん隣より曲なつかしきピアノの聞こゆ

申告に三たび通ひてやうやくに正せし数字見つつしたしも

子の食事すでに冷えつつ部屋ひとつ点して夜更け帰るをぞ待つ

申告にゆきし息子の首尾思ふ首尾といふ語の不意に浮かびて

円居

久々に幼帰り来卓囲むなに気なき円居といふ
感じにて

放射能避難を因としはらからといへど心の離
るるあはれ

その暮らし飛騨に根付きて入学の日を迎へた
り今日とほく来つ

六年生に手を引かれゆく新入生この飛騨にし
てわが孫まじる

受け入るるほかなきことは受け入れてゆかん
か辛夷子の家に咲く

醤油の香かすかに放つ食卓に伏して眠りつ夕
べつかの間

後　記

この『遠朱雲』は『石蕗』『通雨』に続く私の第三歌集となる。平成十二年から平成二十六年前半までの作品五百四十首を収めた。二十四歳で作歌を始めておおよそ十五年ごとに歌集をまとめるという大変遅々とした歩みである。

平穏に過ぎて来た日々であったが、ここ三年ほどは私にとってふたつの出来事が大きく心を占めてきた。ひとつは原発事故による放射能飛散の為、幼い孫とその母とが千葉から飛騨へ避難するという長男家族に生じた思わぬ出来事であり、もうひとつは、私自身がその同じ四月より千葉県歌人クラブ事務局長の任務についたことである。多忙で時には厳しく時には悲しい起伏の多い日々が続いてきた。

けれどもこの事務局の仕事では多くの方々との出会いがあり、またたくさんのお力添えをいただき、歌にとっても社会経験としても私はかつてないさまざまな豊かな経験をさせていただいた。そうして未熟な私自身の心を鍛えていただいた。今、結社を越えた多くの方々の友情に心より感謝している。

佐藤佐太郎先生亡きあと二十八年、佐藤志満先生亡き後五年がたちまちに過ぎた。先生の根本のお教えである「作歌真」はちょうど私が「歩道」に入会した年に発表された。「眼に見えるものを見て輝と響とを捉へ、酸鹹の外の味ひをもとめて思を積み詞をやるに語気迫り、声調徹り、しかしておもむくままにおもむく」はこの四十五年の間変わらず私の心の中心にあるお教えである。そののちに先生は「作者の影」のある歌がそのすべてであるという教えに導いて下さった。

今はいずれのことも人の世の経験として、見るべきものを確かに見、確かに捉えて作歌を中心とした日々を重ねてゆくことであると思っている。

この歳月の間、最も身近にあって常に温かく厳しくご指導下さってきた秋葉四郎先生にはこのたびの出版にあたって、大変お忙しい中ご懇切なお導きとご教示をいただいた。またお心のこもった帯文までいただいた。重ねて深く感謝申し上げる。

また身辺にある「きさらづの会」の仲間は私の苦境の折も終始変わらず助けてくださった。この歌会も三百三十回を数える。

そして私の原点である千葉の「マルタの会」の方々、また「歩道」の先輩、歌友の皆様にも変わらぬご厚情に心より感謝申し上げる。

更に現代短歌社の道具武志様、今泉洋子様には出版に当たってご配慮をいただき、心より御礼申し上げる。

平成二十六年十月十日

鈴木眞澄

著者略歴

鈴木眞澄（すずきますみ）

昭和19年　千葉県生れ
昭和44年　歩道入会　佐藤佐太郎に師事
平成16年　千葉県短歌賞受賞
平成17年　歩道賞受賞
現在　千葉県歌人クラブ事務局長
歌集　『石蕗』『通雨』　合同歌集『岩清水』

歌集 遠朱雲《とほあけぐも》　歩道叢書

平成26年11月13日　発行

著者　鈴木眞澄
〒292-0054　千葉県木更津市長須賀334-3
発行人　道具武志
印刷　㈱キャップス
発行所　現代短歌社

〒113-0033　東京都文京区本郷1-35-26
振替口座　00160-5-290969
電　話　03（5804）7100

定価2500円（本体2315円＋税）
ISBN978-4-86534-061-7 C0092 ¥2315E